Gabrielle Gisela Traut

Der Alltag trägt sein Sonntagskleid

Gedanken – Gedichte

Gahr Verlag München

Zweisam

Der Morgenwind läuft über
Die Brücke
Und die Katze schleicht sich
Durch die Wiese
Die Grashalme bleiben stehen
Keine Spur ist hinterlassen
Wir sind bereit
Wir warten auf die Mittagshitze
Von allen Voraussagen
Ist für uns die wichtigste
Die da sagt:
Das Wort ist ein Wort
Beständig und wandelbar
Mein Geliebter und ich
Tragen Schuhe des Kommenden
Für eine Umarmung
Die keinen Winter mehr spürt
Legen wir unsere Herzen
In die stumme Sprache
Und wagen zweisam

Wie die Gräser, ich meine
die Gräser, die unter
dem Schnee liegenbleiben.
Wie die Kähne, ich meine
die Kähne von Nacht,
die auf Rinnsalen treiben.
Wie die Seile, ich meine
die Seile, die im
Nichts angebunden.
Wie die Rehe, ich meine
die Rehe, die den Wald
nicht gefunden.
Wie die Fische, ich meine
die Fische, die auf
den Sand gespült.
Wie die Sonnenuhren, ich
meine die ohne Sonne,
so hab ich mich gefühlt.
Wie die Liebe, ich meine
die Liebe, die stirbt,
langsam, mehr und mehr,
will ich mich nicht im Sterben
üben. Tod tut nicht weh,
nur Sterben schmerzt so sehr.
Ich will suchen, fragen,
lachen und andern
meine Wärme geben.
Bis zu meinem Tod,
ja, bis zu meinem Tod
will ich noch leben.

Reiste quer
durch Indien
Reiste durch
die halbe Welt
Habe nicht
das Land gefunden
wo das Wohnen
mir gefällt
Unzufrieden
und enttäuscht
fing ich alles
an zu hassen
Bis ich endlich
dann entdeckte:
Will doch nur
mein Ich verlassen

Zeitgedanken

Der Kopf ist mit
Gedanken voll
von Erfolg
Vermögen, Geld
Konkurrenz
Verbrauch, Konsum
erklärte man
zum Sinn der Welt

Zwangsgedanken
im Gehirn
sind das Zeichen
unsrer Zeit
Das Wichtigste
was heute zählt
ist Leistung
und die Sachlichkeit

Ein Zauberwort
heißt Sicherheit
Das Kind sieht man
als Status an
Und es hat
zu funktionieren
bis seine Seele
nicht mehr kann

Auch der Mitmensch
wurde Sache
Die Entfremdung
führt dahin
daß man nicht mehr
m i t ihm redet
sondern nur noch
ü b e r ihn

So kann ich
nicht mehr weiterleben
Will Menschlichkeit
nicht mehr vermissen
Ich will wieder
fragen lernen
Nicht sofort
die Antwort wissen

Alles was
das Leben wirklich
wertvoll macht
will ich mir gönnen
denn nur wer
sich lieben kann
wird auch andre
lieben können

Nebeneinander

Ich gehe neben dir, so nahe
daß niemand zwischen uns atmen kann

Du gehst neben mir, so nahe
und wir trinken vom Glück

Es ist so schwer in der Angst
nebeneinander zu gehn

Wir möchten uns auflösen
jeder im anderen

Das bedeutet das Ende

Ich gehe neben dir
Du gehst neben mir
Jeder für sich

Wir sind beide stark
Jeder für sich

Aber:

Wir sind uns so nahe
daß niemand zwischen uns atmen kann

Entdeckung

Ein Auslösen der Veränderung
Hier und überall

Ich schließe mich an
Gerne
Komme mit zum Begräbnis

Auf daß der Schnee
In Flammen aufgehe

Ich muß
mein Leben ändern
Ich habe Angst
vor dem Neuen
Veränderungen
führen nur
durch die Angst
Ich lasse meinen
neuen Erkenntnissen
praktische Taten
folgen
Nur durch Handeln
befreie ich mich
von meinen Ängsten
und nicht
indem ich
nur darüber
nachdenke
Ich muß
das Neue
lernen
Lernen
kann ich es nur
indem ich es
tue
Einen anderen Weg
gibt es nicht

Die Kindheit
wird als
Faß ohne Boden
über den Kopf
gestülpt
und der Inhalt
läuft
lebenslänglich
an dir
herunter

Ich fürchte nicht das Alter

Ich fürchte nicht das Alter,
des Lebens letzte Station.
Aber was mich tief erschreckt,
ist die falsche Reife der Resignation.
In vielen Kleidern kann sie kommen,
schwer zu erkennen oder verschwommen.
Stumpf, mit allem einverstanden,
gefällig, voll Zufriedenheit.
Ach, ich möchte niemals landen
am Ufer der Beschaulichkeit.

Ich möchte, daß mein Auge
immer alles sieht.
Und daß es beobachtet,
was in der Welt geschieht.
Ich möchte, daß meine Ohren
immer alles hören.
Und daß ich nicht müde werde,
mich über Unrecht zu empören.
Ich möchte, daß mein Gefühl
immer empfindlich bleibt.
Für den Kummer und die Freude
und nie in Dumpfheit treibt.
Ich möchte, daß meine Stimme
Gedanken zum Ausdruck bringt,
im Gespräch mit dir,
oder wenn mein Lied sie singt.

Ich möchte, daß mein Verstand
immer kritisch ist.
Nicht einfach etwas hinnimmt,
Gutes und Schlechtes prüft.
Ich möchte, daß meine Füße
immer leichten Schrittes gehn,
auch auf steilen Straßen,
wo die starken Winde wehn.
Ich möchte, daß mein Herz,
solange es noch schlägt,
immer nach der Liebe sucht,
auch bei dem, der sie verdeckt.
Ich möchte, daß die Hoffnung
mich nie alleine läßt,
denn nur mit der Hoffnung
hältst du deine Träume fest.

Ich fürchte nicht das Alter,
des Lebens letzte Station.
Aber was mich tief erschreckt,
ist die falsche Reife der Resignation.
In vielen Kleidern kann sie kommen,
schwer zu erkennen oder verschwommen.
Stumpf, mit allem einverstanden,
gefällig, voll Zufriedenheit.
Ach, ich möchte niemals landen
am Ufer der Beschaulichkeit.

Lieben
bedeutet
sich öffnen
sich öffnen
bedeutet
verletzlich sein
verletzlich sein
bereitet Angst
Angst haben
bedeutet
sich verschließen
sich verschließen
bedeutet
nicht lieben können

Ohne Liebe
ist kein Leben
möglich

Liebe – ist alles

Ich packe
meinen Mut
zusammen
und durchbreche
den Kreis

Kinder der Dunkelheit

Kinder der Dunkelheit
Kinder die man nie geliebt
Kinder des Zufalls
von denen es so viele gibt

Ihr Zuhause war die Angst
die Ohnmacht und die Not
Sprache nur Verteidigung
Lebensäußerung: Verbot

Und mit der Erfahrung:
Immer auf der Hut
begannen sie den Weg
Verloren Lebensmut

Sie haben niemals selbst gewählt
in den ganzen Jahren
Erfahrung hat für sie gewählt
bis sie erwachsen waren

Erwachsene der Dunkelheit
Menschen die man nie geliebt
Menschen aus Gegebenheiten
von denen es so viele gibt

Ich singe mir heute ein Liebeslied

Ich singe mir heute
ein Liebeslied,
denn heute ist der Tag,
an dem ich mich
für mich selbst
entschied.

Mein Leben, das vorbei ist,
kenne ich.
Mein Leben, das noch vor
mir liegt, ist unbekannt.
Doch es verbinden mich
Vergangenheit und Gegenwart.

Zukunft steht nicht
einfach in den Sternen.
Zukunft ist ein Teil
von dem was einmal war.
Ich will aus dem
Vergangenen lernen,
Vergangenheit ist Inventar.

Jetzt will ich leben
so wie's mir gefällt.
Ich will mein Leben selber lenken.
Mir ist egal was andre denken.
Ich hab mein Selbstbewußtsein
endlich wieder hergestellt.

Immer nach dem Willen
der anderen sich fügen
heißt: Du mußt dich selbst
belügen. Eigene Wünsche
sind eingefroren,
ja, so wird
die Angst geboren.

Ich will alles tun
um meine Angst zu überwinden.
Denn ich habe jetzt entdeckt:
Hinter meinen Ängsten
hat sich die Freiheit
versteckt.

Ich singe mir heute
ein Liebeslied,
denn heute ist der Tag,
an dem ich mich
für mich selbst
entschied.

Ich stehe
zu meinen
Entscheidungen

Ich stehe
zu mir

Wenn es
an der Zeit ist

ändere ich
meine Entscheidungen

ändere ich
mich

Die drei Weisheiten

Das Kind dort auf der Brücke weint
und blickt zum Himmel
der im Dezembereis versunken
Sieht es noch den Lichtstrahl
oder ist es so wie wir
in Blindheit schon ertrunken

Hilferufe wehn im Wind
der sie über die Meere spült
bis sie krepieren in Sand und Staub
Hört es noch die Stimmen
oder ist es so wie wir
ohne Gefühle und schon taub

Gebote von Lügen, Tritte
Gehorsam, Ordnung und Macht
erzog uns zum Heer der Feigen
Doch wenn es schon taub und blind
wird es genau so wie wir
zu allem nur noch schweigen

Das Meer
hält seinen
Mittagsschlaf
es sah
wie Stürme
starben
Die Wolken
spiegeln sich
in ihm
wie feuchte
Wasserfarben
Du sitzt
in deinem
Schaukelstuhl
und denkst
an alles
was so war
Siebzig Jahre
lebtest du
und nicht nur
siebzigmal
ein Jahr

Der Alltag trägt sein Sonntagskleid

Heute geh ich Rollschuhlaufen
oder was Verrücktes kaufen
Heute spiel ich mit der Zeit
der Alltag trägt sein Sonntagskleid
Mit Farben bunt vom Regenbogen
ich habe es ihm angezogen

Heute will ich nicht dran denken
was mich sonst oft traurig macht
Möchte Fröhlichkeit verschenken
die ein Optimist bewacht
Sicher werdet ihr mich fragen
was hast du als Grund zu sagen

Der Grund er fiel mir heute ein
ihr sagt vielleicht zu allgemein
Doch für mich ist er sehr wichtig
ausschlaggebend und auch richtig
Er ist kein Ziel nach dem ich strebe
er ist ganz einfach, daß ich lebe

Heute geh ich Rollschuhlaufen
oder was Verrücktes kaufen
Heute spiel ich mit der Zeit
der Alltag trägt sein Sonntagskleid
Mit Farben bunt vom Regenbogen
ich habe es ihm angezogen

Festumschlungen
halten wir
das Vergangene
in der
Erinnerung
und vielleicht
wie auf das
schöne Wetter
das hoffentlich
anhält
wird auf eine
Hoffnung
gesetzt
die noch vor der
Hoffnung
liegt
Dazwischen
schläft
ein Leben
von Neugier
und Beginnen
Ohne es
aufzuwecken
leben wir
den Tod

Eine Angst läuft durch die Welt

Das Korn ist eingefahren
Vor uns liegt das Stoppelfeld
Wir rufen nach der weißen Taube
Eine Angst läuft durch die Welt

Ein Spuk läuft durch die Völker
Die Überheblichkeit der Macht
Wie können wir so schnell vergessen
daß sie Verhängnis nur gebracht

Sie wird auch nie was andres bringen
Reicht die Hände euch zu Brücken
Denn die schreckensvollen Stürme
kann Verstehen nur erdrücken

Das Korn ist eingefahren
Vor uns liegt das Stoppelfeld
Wir rufen nach der weißen Taube
Eine Angst läuft durch die Welt

Oft

Manchmal muß ich weinen
Oft
Die altertümlichen Gedanken
Sitzen satt im Überfluß und
Lassen sich pflegen
Neulich sah ich
Die Welt mit den leeren Händen
Und in den irdischen Gärten
Wuchsen keine Melodien
Schweigend gelitten
Prophezeiung ins Nichts
Aber jetzt wird die
Lange Wanderung
Vorbereitet
Und der Vulkan
Wird das falsche Paradies
Mit seiner Lava absichern
Manchmal muß ich weinen
Oft

Hatz

Schläfrige Dörfer
Am Abend
fällt die Sonne
in einen Fächer

Am Morgen
lackbuntgestreifter
Herbst

Herbst durchzogen
vom Halali auf Füchse

Ungeordnete Gefühle

Die Schritte
sind nicht weit
zum Krieg

Der Hatz auf
die Menschen

Männer weinen nicht?

Als er dem Vater
seine Sorgen klagte
und Tränen liefen
über sein Gesicht
hört er noch heute
wie er zu ihm sagte:
Mein Junge
Jungen weinen nicht

Er schluckte
seine Tränen runter
Der Schmerz
verkroch sich mit der Zeit
Die dunklen Tage
wurden wieder bunter
Unverwundbar nur
blieb die Verwundbarkeit

Aus dem Jungen
wurde dann ein Mann
der immer noch nicht
weinen kann
weil die innre Stimme
zu ihm spricht:
Mein Junge
Männer weinen nicht

Was ist nicht alles still
an ihm vorbeigegangen
so manches ließ er
stumm mit sich geschehn
Doch heute hat er
langsam angefangen
sich selber aus
der Nähe anzusehn

Viel besser geht es ihm
seit er sein Leben
nicht mehr an
dummen Vorurteilen mißt
Er hat sich endlich
selber zugegeben
daß ihm sein Weinen
nicht mehr peinlich ist

Ob Mann ob Frau
das ist egal
alle Menschen
dürfen weinen
Jetzt findet er
den Spruch fatal
wie's innen aussieht
zeige keinem

Nichts war vergessen worden

Nichts war vergessen worden
Alles war eingepackt
Auch die große Uhr
mit den Zeigern aus Sonnenstrahlen
Dem Zifferblatt aus Spinnweben
Den Zahlen aus leeren Augenhöhlen

Lila war der Wald
Der Himmel grün
Die Wolken gelb
Schwarz der Regenbogen

Lang war der Weg
Bedeckt mit Tautropfen aus Tränen
Weit war der Weg
Endlos, versinkend im Meer

Mir ist es so kalt
Ich wasche meine Hände im Wind
Eine Rasierklinge trennte meinen Atem
von deinem Schatten

Immer
sind es
die Umstände
die mir
den Weg versperren

Also
ändere
ich
die Umstände

Er hatte keinen Namen

Er hatte keinen Namen
und auch kein Gesicht
Er kam mit einem Lächeln
hat immer nur genickt

Er stand stets auf der Seite
die ihm grad genützt
dabei sich auf den Schultern
der Schwachen abgestützt

Er hatte einen Standpunkt
vertrat ihn streng und brav
wenn es da zu schlachten
gab's das schwarze Schaf

Da bezog er Stellung
Lauthals mit Gelächter
konnte man ihn finden
immer bei dem Schlächter

Dumm war's stand er zwischen
zweien die er brauchte
Dann wurde es schwierig
wand sich herum und krauchte

Er sprach mit jedem einzeln
einschmeichelnd als Berichter
nickte verständnisvoll
und spielte so den Schlichter

Wie ihn gab es schon viele
und machten auch Geschichte
Machten Menschenwürde
in der Welt zunichte

Das Menschsein und die Liebe
sind durch sie bedroht
Wir warten auf die Zeiten
wo solch Verhalten tot

Vereinigt

Getrennt
von ihr
sucht sie sich

Sie ist einige

Mehrere in einer

Noch andere
von ihr
sind in den
Vorstellungen
der anderen

Alle
sind ihr vertraut
und fremd

Damit
meine Zukunft
nicht mehr
meine Vergangenheit
wird
ändere ich
meine Gegenwart

Ich schneide mutig
in die Rinden

Hole die
verborgenen Schätze
heraus
und verschwende
den ganzen Reichtum
für mein Leben

Sage was du denkst

Sage was du denkst
verschweigs nicht meilenlang
Sage was du denkst
sonst wirst du nämlich krank

Als Kind fängt meist das Übel an
die Eltern sollen dich ja lieben
Darum sagst du besser nichts
es wäre dir auch kaum
eine Wahl geblieben

In der Schule geht es weiter
die wirkliche Meinung
wird schweigend verboten
Zu sagen hättest du manches
aber du brauchst ja
die guten Noten

Im Beruf wird alles anders:
Ich kann entscheiden. Ich bin befreit
Das ist die Hoffnung bis du erfährst
auch hier ist es schwer
mit der Ehrlichkeit

Aber laß dich nicht verwirren
Warte bloß nicht einfach ab
bis du nicht mehr weißt
was falsch und richtig heißt

Denn solche Menschen sind beliebt
für die bestimmte Politik
Sie drehen dich hin
und drehen dich her
und schmieden mit dir
ihr Glück

Sage was du denkst
verschweigs nicht meilenlang
Sage was du denkst
sonst wirst du nicht nur krank

Sage was du denkst
sonst bestimmen andere dein Leben
Sage was du denkst
das wird dir Selbstwert geben

Zeit

Zeit dreht sich auf goldenen Wagen
Sie schlängelt durch Ekel und Behagen
Viele Welten sind gebrochen
Verdrehung wird noch schnell bestochen
Epoche wird zur Norm erhoben
Schleier und Licht sind tief verwoben
Auf den Spuren liegt die Hand
Auf den Wellen schläft der Sand
Die Zeit ringsum und überall
Lebt im Schnee und im Kristall
Wann trägt die Kälte ein warmes Kleid
Ist der Weg nach Dorado noch weit
Auf der Koppel weht Sternenstaub
Für manche fällt im Frühling schon Laub
Schreitend durch das dichte Geäst
Halten sie sich an Schatten fest

Mit dem
Ansatz für
Flügel
werden wir
alle
geboren

Mit einem
Buckel
sterben
die meisten

Erinnerung an Angelika

Ich denk an Bamberg
im September
der Sommer drehte
sich im Fluß
nur in Dir
war schon Dezember

Dein Atem
lag auf Steinen
Du konntest
nicht mehr weinen
Die Speere
stachst Du gegen Dich
bis Du daran
verblutet bist

Deine Sprache
war das Schweigen
Nie hast Du was
von Dir erzählt
ein stummer Vogel
in den Zweigen

Dein Schmerz
fiel keinem auf
Du legtest
Stille drauf
Die Speere
stachst Du gegen Dich
bis Du daran
verblutet bist

Wie fremdes Land
so war Dein Leben
zu wenige Blumen
auf dem Weg
Zuviel Liebe
hast Du vergeben

Versprechen wurden
viele gemacht
nur an Dich
hatte niemand gedacht
Die Speere
stachst Du gegen Dich
bis Du daran
verblutet bist

Erklärung

Sie trafen sich in den
verformten Bildern

als sie das gefundene
Märchenbuch
öffneten waren alle
Märchen herausgefallen

sie wollten sich
festhalten
an den Händen

die Hände
waren aus Glas
und zersplitterten
schon bei der
Berührung

ihre Schuhe
waren Wunden

sie liefen barfuß
über den Schmerz

Es fällt mir schwer

dich einfach
zu umarmen
dir zu sagen
wie lieb
ich dich habe
und Gefühle
zu wagen

Es fällt mir leicht

meine Glaskugel
nicht zu verlassen
und dem Leben
aus dem Weg
zu gehen

Die Frau muß sich von sich selbst befrein

Wie oft beneidete Lisa
ihren Bruder darum,
daß er ein Junge war
und das war gar nicht dumm.
Sie war gerade fünf,
da hatte sie schon erfahren,
und es wurde immer
deutlicher mit den Jahren,
dieser Wunsch
war gar nicht schlecht,
denn auf unserer Welt
hat der Mann das Recht.

Es fing schon
als kleines Mädchen an,
sie wollte eine Eisenbahn.
Nein, du bekommst eine Puppe
und für die kochst du die Suppe.
Und so mußte sie,
obwohl noch klein,
schon für andere da sein.
Ihr Bruder tat
was er gern wollte,
aber sie mußte das tun
was sie sollte.

Und so ging die Freiheit,
mit der sie geboren,
im Laufe der Jahre
schließlich verloren.
Sie wurde eines von den Mädchen
wie man sie
seit Jahrhunderten erzogen.
Sie gehörte zu denen,
die man zur Frau gebogen.
Bis sie nicht mehr wußte,
daß sie das was sie sollte,
doch eigentlich
gar nicht wollte.

Es hat wohl was zu tun
mit dem alten Wahn,
die Frau
sei des Mannes Untertan.
Sie suchte seine Stärke
die sie beschützt,
doch hatte sich da nicht
jemand auf Lisa gestützt?

Sie suchte mit ihm die Zweisamkeit,
band sich die Augen zu.
Sie sah so keine Einsamkeit,
die Wahrheit war für sie tabu.
Die Schuld hatte sie
wenn er schrie, ging und trank,
ja, das glaubte sie jahrelang.

Eines Tages, als sie sich
gerade fast gestorben fühlte,
da spürte sie,
wie die verschüttete Freiheit
leise in ihrem Inneren wühlte.
Sie hatte noch ein wenig Glut.
Sie schürte sie und plötzlich
entflammte sie zur Riesenwut.
Ihr Licht riß von ihren Augen
die Schleier.
Sie sah, sie atmete
freier und freier.
Vertraute ganz ihrem Verstand.
Nahm die Hoffnung an die Hand.
Die Frau muß sich
von sich selbst befrein,
um dann wirklich
Frau zu sein.

Schicksal

Dein
Schicksal
hat
Deinen
Atem
der durch
Dein
Leben
Deiner
Entscheidung
strömt

Ich

Ich gehörte nirgendwo hin
In einer Bitte suchte ich Sinn
Allein das Sein tut schon so weh
Wie nie gewesen wenn ich geh
Keine Traurigkeit wird fragen
Ich werde weiße Erde tragen
Ich gehörte zu keinem
Worte wachsen in Steinen
Die Steine hat man begraben
Wir werden keine Antwort haben
Ich gehörte nur zu mir
Und ich suchte mich im wir
Ich konnte mich nicht finden
Man will Chimären verbinden

Weil ich
glaube
so bin ich
nehme
ich mir
jede Möglichkeit
mich zu
ändern

Zu lange
leben wir
die Vorstellungen
der anderen

Erfüllen
ihre Erwartungen
bis wir
verkrüppelt
sind

Dabei ist
unsere
einzige Verantwortung
selber zu werden
und zu erkennen
wer wir sind

Der Wanderer

Ich weiß, du warst schon lange
wieder auf deinen Straßen
in Sehnsucht, in Gedanken
bevor du mich verlassen
Du hast den Schal vergessen
er liegt noch in dem Zimmer
Nun bist du fortgegangen
Ich weiß, es ist für immer

Eingelernte Vorurteile
hattest du vergessen
Mit der eigenen Elle
hast du niemals gemessen
Die fremden Eigenarten
hast du immer akzeptiert
Auf alles Überraschende
stets neugierig reagiert

Du stauntest jeden Morgen neu
über die Welt und dein Leben
Du mußtest gar nichts haben
von Fragen warst du umgeben
Ich wußte, du warst ein Wanderer
das war deine Philosophie
Aber du warst mein Geliebter
ich liebe dich und sie

Ist das Leben denn so immer

Ich hatte schon einmal gelebt
so träumt' ich letzte Nacht
Ich wachte davon auf
wie man mich ausgelacht

Ich war ein bunter Vogel
mit Flügel stark und breit
War frei und wollte fliegen
doch die Reise ging nicht weit

Man hat mich eingefangen
in einen Käfig gesetzt
Die Flügel abgeschnitten
und lebensgefährlich verletzt

So saß ich schwer verwundet
im Käfig eingeschlossen
Sang mein eigenes Lied
das machte sie verdrossen

Man begann mich zu dressieren
sprach mir alle Worte vor
Solange bis ich nichts mehr wußte
und mit ihnen schrie im Chor

Nur heimlich dacht' ich manchmal noch
an meine schönen Schwingen
Und wie ich aus dem Käfig käme
um mein Lied zu singen

Erschrocken bin ich aufgewacht
Verglich mein Leben mit dem Traum
Ich dachte über beides nach
Ein Unterschied bestand wohl kaum

Ich verglich und überlegte
ob dieses oder jenes schlimmer
Und am Ende fragt ich mich
ist das Leben denn so immer

Gemalte Musik

Wir schnürten alle
Perlen zu einer Kette
Wir schenkten den
Augen die Blicke

Du riefst so laut
Ich konnte dich nicht hören
Du riefst so laut
Du wolltest mich nicht stören

Wir hängten alle
Tage an eine Kette
Wir blickten in die
gepflügte Liebe

Ich rief so laut
Du konntest mich nicht hören
Ich rief so laut
Ich wollte dich nicht stören

Wir malten Musik
auf ein brennendes Dach
Wir warfen uns
in ein Verzeihen

Früher
habe ich
mein Glück
gesucht

Heute
entscheide
ich mich
dafür

Ich will nicht warten

Ich will nicht warten
bis andre für mich handeln
Ich will auch nicht
daß andre für mich denken
Sowas ist schon zu oft passiert
Mit Täuschung wurde es quittiert
und was hatte man
uns alles garantiert

Wo Wiesen, Wald und
Blumen waren
sind nun Wüsten aus Beton
Wo Menschlichkeit
und Wärme waren
wächst nun Haß und Aggression
Reichtum hat nicht frei gemacht
Wir wollen sinnlos immer mehr
Das Habenwollen läuft alleine
In Indien stehn die Teller leer

Können nicht alle Freunde sein
Muß es immer Feinde geben
Nicht den Krieg, den Frieden
wollen wir gewinnen
Und auch der anders ist soll leben
Sind wir denn nicht alle
verantwortlich für diese Welt
Was werden wir den Kindern sagen
wenn aus dem wolkenlosen Himmel
der schwere Regen fällt

Ich will nicht warten
bis andre für mich handeln
Ich will auch nicht
daß andre für mich denken
Sowas ist schon zu oft passiert
Mit Täuschung wurde es quittiert
und was hatte man
uns alles garantiert

Wann

Wann werd ich
meine Trauer
nicht mehr vor
mir selbst verstecken
und mit meiner
Freundlichkeit
meine Traurigkeit
bedecken

Wann werd ich
nicht mehr glauben
daß man Ärger
keinem zeigt
und daß Kummer
ein Gefühl ist
über das man
besser schweigt

Wann hör ich auf
mich zu belügen
ach, das ist doch
gar nicht schlimm
damit ich bloß
die Wut nicht spüre
wenn ich wirklich
wütend bin

Wann werde ich
wohl ohne Furcht
mutig durch die
Ängste gehn
mich zur Verletzlichkeit
bekennen
und zu meinen
Schwächen stehn

Wann werd' ich
alle die Gefühle
als eine gute
Freundin sehn
mit der ich
mich entschließe
durch dick und
dünn zu gehn

Erst wenn ich mich
nicht mehr verleugne
zu den Gefühlen
stehen kann
die ja auch
zu mir gehören
ja dann fängt
mein Leben an

Marie

Marie, ich traf dich in Heidelberg,
am Neckar, auf einer Bank.
Was du wohl wolltest,
ich weiß es nicht.
Dann trafen wir uns abendelang.
Deine Hände waren müde.
Deine Augen blickten schwer.
Du warst mit dir so ganz alleine.
Du suchtest keine Freunde mehr.

Ach Marie,
auch wenn man schon erwachsen ist,
braucht man noch manchmal
ein Wiegenlied.

Du erzähltest in leisen Worten,
weniges aus deinem Leben.
Die Sonntage waren gegangen.
Zu viele Alltage hat es gegeben.
Klare Wasser wurden dunkel.
Zu viele Küsse wurden Eis.
Blanke Spiegel wurden blind.
Nun gibst du nichts mehr
von dir preis.

Mein Zug fährt morgen früh um neun.
Wir werden uns nicht wiedersehn, Marie.
Aber ich möchte dir noch sagen,
unser Gespräch vergesse ich nie.
Möchten wir nicht alle manchmal,
daß man uns in die Arme nimmt
und möchten lachen und weinen,
wie vor langer Zeit als kleines Kind.

Ach Marie,
auch wenn man schon erwachsen ist,
braucht man noch manchmal
ein Wiegenlied.

Stundenglanz

Mein Haar fliegt in
Der Freude
Die Winde sind
Atemlos geworden
Auch die Flügel der
Kälte haben ihren
Kurs gewechselt und
Befinden sich schon
In Richtung Brennpunkt
Die goldenen Stunden
Ich stopfe vom Glanz
In meine Taschen
Zum Nachglänzen
Für die glanzlosen Tage

Ich habe
meinen Weg
verloren

Ich suche
meinen Weg

Die Suche
ist
der Weg